♥ 추천·감수 이어령

1934년 충청남도 아산에서 태어났습니다. 서울대학교에서 국문학을 전공하고, 스물다섯 살에 작가가 되었습니다. 40년 넘게 대학에서 학생들을 가르쳤고, 여러 신문사 논설위원과 초대 문화부 장관을 지냈습니다. 지은 책으로 〈생각에 날개를 달자〉, 〈축소 지향의 일본인〉, 〈매화〉, 〈이어령 라이브러리〉 등이 있습니다.

♥ 엮음 전민희

서울에서 태어나 덕성여자대학교 국문과를 졸업했습니다. 지은 책으로 〈과학 상점〉, 〈1013 비밀 노트〉, 〈세상 어린이가 가장 많이 읽은 세계 명작 25가지〉, 〈IQ 150에 도전한다〉, 〈한눈에 빠져드는 요술 그림〉 등이 있습니다.

♥ 그림 김명곤

현재 mqpm 소속 일러스트레이터로 활동하고 있습니다. 그린 책으로 〈엄마 어딨어요〉 등이 있습니다.

이 책의 표지는 일반 용지보다 1.5배 이상 고가의 고급 용지인 드라이보드지를 사용해 제작하였습니다. 표지를 드라이보드지로 제작하면 습기의 영향을 덜 받기 때문에 본문 용지가 잘 울지 않고, 모양이 뒤틀리지 않아 책을 오랫동안 보존할 수 있습니다.

이 책은 기존의 석유 잉크 대신 친환경 식물성 원료인 대두유 잉크를 사용하여 인쇄하였습니다. 대두유 잉크는 선진국에서 널리 사용하고 있는 고가의 대체 잉크로, 휘발성이 적어 인쇄 상태의 보존이 용이하고, 인체에 무해할 뿐만 아니라 눈에 부담을 주지 않는 자연스러운 색을 내는 특징이 있습니다.

하하하, 재미있어!

생각통통 명작문학 18
라디스의 모험

총기획 및 발행인 박연환 발행처 (주)한국헤르만헤세 출판신고 제17-354호
주소 서울특별시 송파구 석촌동 7-3 대표전화 (02)470-7722 팩스 (02)470-8338
연구개발원
주소 경기도 성남시 분당구 금곡동 444-148
대표전화 (031)715-7722 팩스 (031)786-1100 고객문의 080-715-7722
편집 김양미, 김범현 디자인 조수진, 우지영, 성지현, 한지희

www.hermannhesse-book.co.kr

라디스의 모험

호세 산체스 실바 지음 | 전민희 엮음 | 김명곤 그림

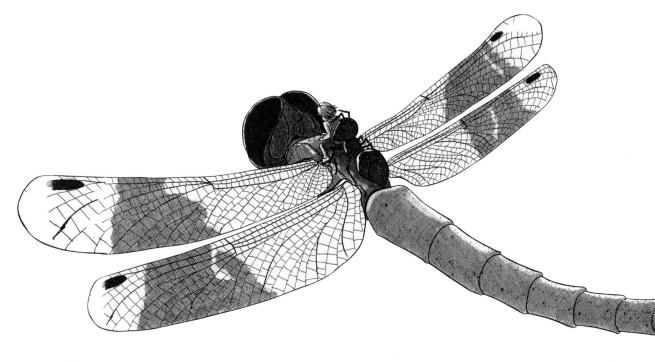

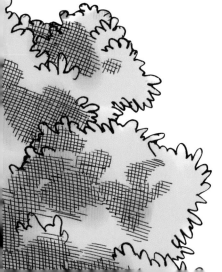

한국헤르만헤세

이 책의 주인공들

Ladis and the Ant

라디스

도시 변두리에 사는 여덟 살 소년. 키와 몸집이 작고 몸도 약해요. 건강이 나빠지자 시골에 가서 지내게 돼요. 처음에는 동물과 곤충들을 낯설고 두려워하지만 개미 무흘라를 만나면서 자연과 친해지고 몸도 건강해져요.

무흘라

라디스와 친구가 된, 말하는 개미. 여왕개미로서 책임감이 강할 뿐만 아니라 겸손한 성품을 지니고 있어요. 라디스에게 개미집을 구경시켜 줘요. 라디스는 무흘라 덕분에 재미있는 일도 겪고 개미 세계에 대해 많이 알게 돼요.

플로렌티노 아저씨

시골에 사는 라디스의 친척 아저씨. 커다란 농장의 산지기로 일해요. 몸이 약해 자기 집으로 요양을 온 라디스를 마치 친자식처럼 돌보고 아껴 주지요. 라디스에게 수영를 가르쳐 주는 대신에 글을 배워요.

로라 아주머니

플로렌티노 아저씨의 부인. 낯선 시골에 온 라디스를 아저씨와 함께 잘 돌보아 줘요. 처음에는 비쩍 마른 라디스를 보고 무척 안타까워하지만, 라디스가 점점 건강해지자 뿌듯해하는 정 많고 마음씨 고운 아주머니예요.

아빠(펠리시아노)

라디스의 아빠. 허름한 아파트의 관리인으로 일하면서도, 가난한 살림을 꾸려 나가기 위해 페인트칠이나 수도 공사 등 닥치는 대로 일을 해요. 라디스가 독감에 걸려 고생하자, 라디스를 시골에 요양 보내요.

엄마(페트라)

라디스의 엄마. 라디스의 건강 때문에 마음을 졸여요. 의사가 라디스를 시골로 보내라고 하자 잠을 이루지 못하며 걱정하다가 시골에 사는 사촌 플로렌티노를 떠올리고는 매우 기뻐해요. 엄마는 라디스를 시골에 데려다 주고 와요.

페(절름발이 참새)

라디스가 키우는 참새. 다리를 저는 데다 털까지 부스스해서 볼품이 없어요. 라디스와 함께 시골로 오지만, 라디스가 놓아 주는 바람에 자유를 찾아 날아가요.

이 책을 읽기 전에

아이들이 밭에서 감자 캐기 체험을 하고 있네요.

엄마야!

아니, 개미잖아. 이런 건 잡아 죽여야 해!

안 돼! 벌레라고 무조건 죽이면 안 돼.

뭐? 넌 누군데 참견이니?

안녕! 난 라디스야. 나도 예전엔 너처럼 벌레라면 무조건 나쁘다고 생각했지.

무흘라를 만나기 전까지는 말이야.

몸이 약해 시골로 요양을 온 라디스는 어느 날 말을 할 줄 아는 개미 무흘라를 만나 개미집을 구경했어요.

개미들은 사람처럼 도시를 만들고, 제각각 하는 일이 정해져 있어.

난, 여왕개미. 알을 낳지.

난 일개미! 알을 돌본단다.

난 병정개미. 집을 지켜!

치, 거짓말! 개미집에 어떻게 들어갔는데?

무흘라가 나를 물어 몸이 작아졌어. 나는 잠자리를 타고 날기도 했지.

그래도 믿을 수 없어. 나한테 무흘라를 보여 줘 봐!

그래, 맞아!

라디스는 과연 어떤 모험을 하고, 자연 속에서 무엇을 배웠을까요?

그럼, 나를 따라와! 자, 책 속으로 고고!

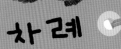

차례

생각통통 명작문학 18
라디스의 모험

독감에 걸린 라디스

라디스가 살고 있는 거리는 무척 복잡해요.

높은 빌딩이 늘어서 있고, 사람들은 바쁜 걸음을 재촉하지요.

길에는 햇빛도 잘 들지 않아 낮에도 어둠침침했어요.

게다가 공사 중인 건물이 많아서 돌과 콘크리트, 철근 등이 뒤죽박죽 널려 있지요.

거리에서는 하루 종일 자동차, 버스, 트럭, 오토바이가 시끄러운 소리를 내면서 달렸어요.

차가 뿜어 내는 매연 때문에 사람들은 입과 코를 막고 길을 다녀야 했어요.

거리에는 개 한 마리도 보이지 않았어요.

어디 그뿐인가요.

하늘은 뿌옇고 나무 한 그루도 없어서 새 한 마리조차 날아오지 않았죠.

이따금 도둑고양이만 식당 근처에 살금살금 나타났다가 사라질 뿐이었어요.

모퉁이에 있는 동물원 안에는 동물들이 배고프고 졸린 걸 꾹 참고 있는 듯 처량하고 불쌍해 보였어요.

동물원에서 조금 더 가면 자연사 박물관이 있어요.

그곳에 진열한 동식물은 다 죽어 있거나 더러는 썩은 것도 있었지요.

동물을 구경하기 힘든 도시지만, 라디스 집에서는 참새 한 마리를 기르고 있었어요.

그 참새는 절름발이예요.

지붕에서 마당으로 떨어져 다리를 다쳤기 때문인데, 아마도 굴뚝에서 내뿜는 연기에 그만 정신을 잃었던 모양이에요.

라디스 집에는 화분도 하나 있는데, 식구들이 잘 돌봐 주지 않아 바짝 말라 버렸지요.

아파트 맨 아래층에 있는 라디스 집은 언제나 어두컴컴했어요.

빛이 들어오는 곳이라곤 안마당 쪽에 나 있는 문뿐이었어요.

여덟 살인 라디스는 자기 또래에 비해 키가 작고 몹시 말랐어요.

라디스가 다니는 초등학교 운동장은 콘크리트 바닥으로 되어 있어서 마음껏 뛰어놀 수도 없었어요.

짹짹짹!
라디스가 책을
읽는군.

닥치는 대로
일을 해서
돈을 벌어야지.

독감에 걸린 라디스는 며칠 동안 학교에 가지 못했어요.
얼굴은 창백한데, 몹시 열이 나고 배가 아팠어요.
"우리 라디스가 폐가 나쁜 게 아닐까?"
아빠는 라디스가 몹시 걱정되었어요.
그도 그럴 것이 아이 하나를 폐렴으로 잃은 적이 있기 때문이에요.
아빠 펠리시아노는 아파트 관리인인데, 가난한 살림을 꾸려 나가기
위해 닥치는 대로 페인트칠도 하고 수도 공사 일도 했어요.
때로는 손수레로 남의 짐을 실어 나르는 일도 했지요.
라디스는 친구들과 잘 어울리지 못하고, 혼자 있는 걸 좋아했어요.
그래서 여름엔 안마당에서, 겨울엔 자기 침대에서 그림책이나
만화책을 읽었어요.

이곳은 스웨덴
국립 자연사
박물관이야.

13

어느 날, 3층에 살고 있는 아주머니가 찾아왔어요.
"아주머니, 라디스가 기침이 심한 것 같아요."
"마음 같아선 당장이라도 병원에 데리고 가고 싶지요.
하지만 우리 형편에 어떻게 병원을……."
엄마는 속상한 듯 말을 잇지 못했어요.
"그럼 제가 의사 선생님을 모셔 올게요. 우리 아이들이 아플 때마다
진찰해 주는 선생님이죠. 그분이라면 라디스를 꼭 보러 오실 거예요."
"정말 고맙습니다."
세 사람의 대화를 듣고 있던 라디스는 몸을 부들부들 떨었어요.
지금까지 의사 선생님에게 진찰을 받아 본 일이 없었거든요.
이튿날 의사 선생님이 찾아왔어요.

진찰은 생각한 것보다 무섭지 않았어요.

진찰을 끝낸 다음, 의사 선생님은 엄마와 아빠에게 말했어요.

"아이가 몸이 약한 데다 너무 말랐어요. 아이의 병을 이대로

놔두시다가는……."

"아이가 잘 먹지를 않아요. 그렇다고 억지로 먹일 수도 없고……."

엄마는 머뭇거리면서 대답했어요.

"음, 당분간 아이를 시골로 보내는 게 좋겠어요.

약을 써도 어느 정도는 고칠 수 있지만 별로 좋은 방법은

아닙니다. 하루빨리 공기 좋은 곳으로 보내세요."

의사 선생님은 심각한 표정으로 말했어요.

"시골로 보내라고요?"

아빠는 놀라서 큰 소리로 물었어요.

아빠에게 시골은 달나라만큼이나 먼 곳이었지요.

"지금 당장 보내는 게 좋습니다.

이 아이에게는 적당한 운동과 맑은 공기, 신선하고 영양가

풍부한 음식이 필요하니까요.

혹시 시골로 보낼 수 없다면 알려 주세요.

처방전을 써 드릴 테니까요."

의사 선생님은 이렇게 말하고 돌아가려 했어요.

"선생님, 우리 아이의 병이 그렇게 심각한가요?

혹시 저번 아이처럼 죽지는 않겠죠?"

아빠는 안타까운 마음으로 물었어요.

"글쎄요, 시골에서 여름을 나지 않으면, 올겨울에는 아이의

건강이 어떻게 될지 장담하기 어렵습니다.

시골에서 지내면 건강한 아이가 되어 돌아올 겁니다."

엄마와 아빠는 크게 한숨을 내쉬며 아무 말도 하지 못했어요.

다음 날부터 하루 종일 엄마와 아빠는 '어떻게 하면 라디스를

시골로 보낼 수 있을까' 하고 머리를 맞대고 궁리했어요.

돈만 있다면 금세 해결될 일이지만, 문제는 돈이 없다는 것이었어요.

"여보, 어디서 돈 좀 빌릴 수 없을까요?"

맞아,
시골에 사촌이
살고 있었지!

엄마의 말에 아빠는 힘없이 고개를
저었어요.
"누가 우리 같은 가난뱅이에게 돈을 빌려 주겠소?
그건 꿈도 꾸지 못할 일이오."
그날 밤이었어요.
잠자리에서 뒤척이던 엄마는 좋은 생각이 떠오른 듯
자리에서 벌떡 일어났어요.
엄마는 라디스가 깨지 않도록 조심스럽게 촛불을 켠 뒤,
아빠의 어깨를 가볍게 흔들었어요.
"여보, 여보! 됐어요, 됐다고요."
"뭐가 됐단 말이오?"
"라디스를 시골로 보낼 수 있다고요!"
"뭐라고?"
아빠도 튕기듯이 몸을 일으켰어요.
"플로렌티노가 있잖아요."
아빠는 엄마가 무슨 말을 하는지
금방 알아듣지 못했어요.

"여보, 생각해 보니 내 사촌 플로렌티노가 시골에 살고 있어요."

"오, 하느님, 감사합니다."

아빠는 너무 기쁜 나머지 엄마를 꼭 껴안았어요.

다음 날 아침, 해가 밝자마자 아빠와 엄마는 플로렌티노
아저씨에게 편지를 썼어요.

며칠 후, 답장이 왔어요.

자기들이 잘 돌봐 줄 테니 걱정 말고 라디스를
보내라는 내용이었지요.

"라디스, 의사 선생님께서 네 병이 나으려면 잠시 시골에서
지내야 한다고 하셨어. 그러니 잠시만 그곳에서 지내렴."

엄마의 말에 라디스는 그만 울음을 터뜨렸어요.

엄마, 아빠와 정든 집을 떠나는 게 왠지 무서웠어요.

그리고 학교도 다니지 못한다고 생각하니 허전했어요.

"라디스, 시골에 가면 몸이 튼튼해질 텐데, 울긴 왜 우니?"

엄마가 말하자, 아빠가 맞장구를 쳤어요.

"시골에 갔다 오면 황소처럼 힘이 세질 거야. 그러면 널
못살게 굴던 아이들도 너에게 꼼짝 못하게 될걸."

그래도 라디스는 훌쩍훌쩍 울기만 했어요.

울다 보니 짭짤한 눈물이 입속으로 자꾸 흘러들어 갔지요.

플로렌티노 아저씨네 집

며칠 후, 라디스는 엄마와 함께 기차를 타고
시골로 갔어요.
"아, 페트라!"
역에서 얼굴이 거무스름한 아저씨가 엄마한테
달려왔어요.
"플로렌티노, 반가워요."
엄마와 아저씨는 서로 껴안았어요.
"라디스, 인사드려라. 이분이 바로 플로렌티노
아저씨란다."
아저씨는 낡은 티셔츠에 다른 천으로 무릎을
덧댄 바지를 입고 있었어요.
쉰 살쯤 되어 보이는 아저씨는 체격이 우람해서
힘이 굉장히 셀 것 같았어요.
"네가 라디스로구나. 귀엽기도 해라."
아저씨는 라디스의 볼에 두 번이나 입을
맞추었어요.
그때마다 뺨이 따끔거려 하마터면 라디스는
울 뻔했어요.

아저씨는 짐 보따리를 번쩍 들고 앞장섰어요.
엄마는 한 손에는 라디스의 손을 잡고 다른 한 손에는
새장을 들고 뒤따랐어요.
낯선 시골에서 살게 될 라디스를 위해 집에서 기르던
새를 데려온 것이지요.
세 사람은 흰말이 끄는 허름한 마차를 탔어요.
엄마와 아저씨 사이에 라디스가 앉았어요.
마차가 한참을 달리다 보니 시골길이 나왔어요.
엄마와 얘기를 나누던 아저씨가 라디스에게 물었어요.
"라디스, 마차 타는 거 재미있지 않니?"
라디스는 시큰둥한 표정을 지었어요.

페트라, 라디스!
어서 와,
반가워!

21

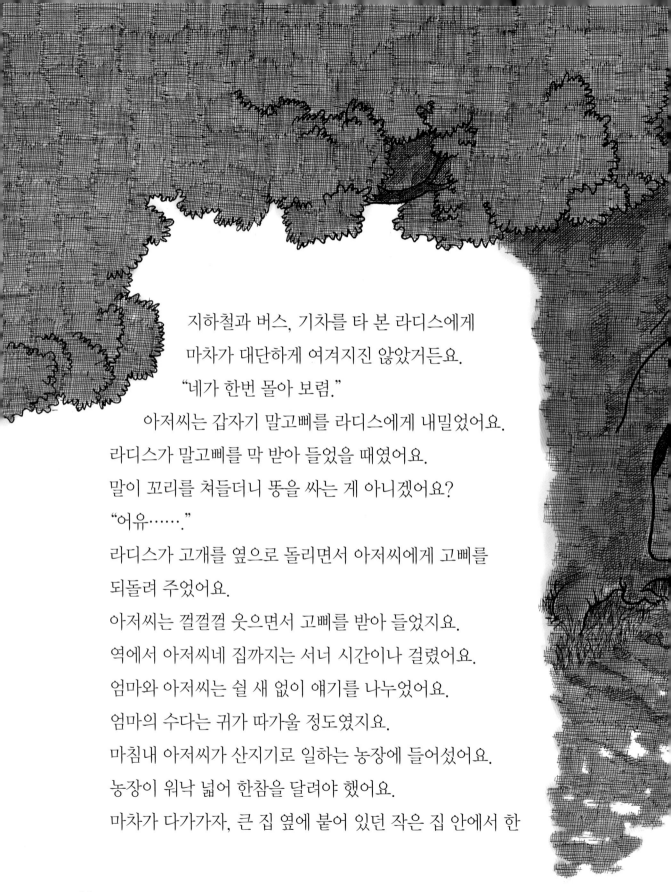

지하철과 버스, 기차를 타 본 라디스에게
마차가 대단하게 여겨지진 않았거든요.
"네가 한번 몰아 보렴."
아저씨는 갑자기 말고삐를 라디스에게 내밀었어요.
라디스가 말고삐를 막 받아 들었을 때였어요.
말이 꼬리를 쳐들더니 똥을 싸는 게 아니겠어요?
"어유……."
라디스가 고개를 옆으로 돌리면서 아저씨에게 고삐를
되돌려 주었어요.
아저씨는 껄껄껄 웃으면서 고삐를 받아 들었지요.
역에서 아저씨네 집까지는 서너 시간이나 걸렸어요.
엄마와 아저씨는 쉴 새 없이 얘기를 나누었어요.
엄마의 수다는 귀가 따가울 정도였지요.
마침내 아저씨가 산지기로 일하는 농장에 들어섰어요.
농장이 워낙 넓어 한참을 달려야 했어요.
마차가 다가가자, 큰 집 옆에 붙어 있던 작은 집 안에서 한

부인이 웃음을 지으며 나왔어요.

그 집이 바로 아저씨네 집이고, 큰 저택은 농장
주인의 집인 모양이었어요.

아저씨의 부인인 로라 아주머니는 엄마가 마차에서
내리자 포옹을 하고 입을 맞추었어요.

아주머니는 라디스도 꼭 안고 키스를 해 주었어요.

"이런, 너무 말랐구나. 얼굴은 종잇장처럼
하얗고……."

아주머니는 안쓰러운 듯 말했어요.

라디스는 집 주위를 자세히 살펴보았어요.

먼저 대문 안에서 개 한 마리가 나와 짖어 댔어요.

하지만 아저씨가 뭐라고 말하자 금방 조용해졌어요.

안마당에는 꽃들이 여기저기 피어 있고, 닭들은 모이를
쪼아 먹고 있었어요.

암소 한 마리가 있는 외양간도 있었고, 나귀와
돼지가 있는 우리도 보였어요.

집 구경을 하던 라디스는 갑자기 뒷걸음질을 쳤어요.

야옹
야옹.

꼬끼오 꼬꼬!

푸드덕

고양이가 라디스를 향해 살금살금 다가왔기 때문이지요.

"엄마!"

라디스는 소리치며 엄마 뒤에 바짝 붙어 숨었어요.

아주머니가 고양이를 내쫓고 우리를 작은 집 안으로 데리고

들어갔어요.

그러고는 점심을 내왔어요.

라디스는 숟가락질을 하는 둥 마는 둥 잘 먹지 않았어요.

새로운 환경이 낯설어서 입맛이 없었거든요.

게다가 아저씨와 아주머니는 그릇에 음식을 덜지 않고 냄비째로 먹고

있었어요.

"휴!"

라디스는 몰래 한숨을 내쉬었어요.

"아니, 그것밖에 안 먹어 어쩌나⋯⋯."

아주머니는 라디스를 보고 걱정스러운 목소리로 말했어요.

식사가 끝난 뒤, 모두 산책을 나갔어요.

조금밖에 안 걸었는데도 라디스는 금방 지쳤어요.

아저씨는 집에 가서 나귀를 끌고 왔어요.

"이걸 타고 가면 힘들지 않을 거야."

"싫어요. 무섭단 말이에요."

라디스는 타지 않겠다고 발버둥 쳤어요.

"착한 라디스야, 나귀도 무척 착하단다.
그러니 걱정하지 않아도 돼."

아주머니는 라디스를 살살 부추겨 겨우 나귀에 태웠어요.

라디스는 나귀에서 떨어지지 않으려고 아주머니의

어깨를 꽉 쥐고 숲 속 여기저기를 돌아다녔어요.

집으로 돌아온 뒤, 라디스는 아주머니가 준 핫초코를

조금 마신 다음 잠옷으로 갈아입었어요.

"엄마, 꼭 내 옆에 있어야 해."

라디스는 엄마에게 다짐을 받고 잠에 곯아떨어졌어요.

"우리 라디스, 잘 부탁해요. 애가 너무 약해서……."

"여기서 뛰어놀다 보면 훨씬 건강해질 거야. 우리가 잘

돌봐 줄 테니까 걱정 마라."

아저씨와 아주머니는 엄마를 위로해 주었어요.

엄마는 커피, 초콜릿, 고급 담배를 선물로 주었어요.

아저씨,
무서워요!

26

다음 날 아침, 라디스가 동물 울음소리에
잠이 깨었을 때, 엄마는 라디스 몰래 막
나가려던 참이었어요.
"나도 따라갈래! 엉엉……."
라디스가 떼를 쓰는 바람에 엄마는 할 수 없이
라디스를 역까지 데리고 가기로 했어요.
"여긴 벌레가 너무 많아. 엄마랑 집에 갈 거야."
라디스는 마차 안에서도 엄마에게 졸랐어요.
역에 도착하자, 엄마는 겨우 라디스를 떼어 놓고
기차를 향해 뛰었어요.
"라디스, 편지 써라."
엄마는 기차에 올라타면서 손을 흔들었어요.
기차가 움직이기 시작했지요.
아저씨가 울고 있는 라디스의 양쪽 겨드랑이에 손을
넣어 번쩍 들고 밖으로 나와 마차에 태웠어요.
라디스는 계속 울다가 나중엔 지쳐 잠이 들었어요.
아저씨 집에 돌아온 뒤에도 라디스는 하루 종일
한숨만 쉬었어요.

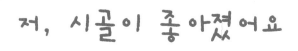

저, 시골이 좋아졌어요

이튿날 아침, 식사를 하고 나서 아저씨가 말했어요.

"라디스, 아저씨랑 농장에 가지 않겠니?"

라디스는 처음에는 싫다고 했으나, 아저씨가 몇 번이나 말하자 결국 고개를 끄덕였어요.

"라디스, 옷 입자."

로라 아주머니는 엄마가 부탁한 대로 라디스에게 옷을 겹겹이 입히면서 중얼거렸어요.

"이거 너무 많이 입히는 거 아닐까?"

"그냥 페트라가 부탁한 대로 입혀."

아저씨는 공연히 아주머니에게 핀잔을 주었어요.

"하지만 이렇게 옷을 입히면 신선한 공기는 어디로 마시죠?"

"그거야 코로 들이마시지. 여태 그것도 몰랐소?"

"목도리가 코를 다 가리니까 그렇죠."

"페트라가 시키는 대로만 하면 될 거야. 엄마보다 자식을 잘 아는 사람은 없으니까."

라디스는 아저씨의 손을 잡고 밖으로 나왔어요.

아저씨!
벌레예요!

28

아저씨는 라디스를 나귀 등에 태우고 혹시라도 떨어질까 봐 라디스
곁에 바짝 붙어서 걸었어요.
이윽고 일하는 곳에 도착하자 아저씨는 나귀를 나무에 매어 놓고
일하기 편하게 외투를 벗었어요.
라디스는 목도리를 풀고 신선한 공기를 들이마시며 나무와 들판을
둘러보았어요.
가슴이 트이고 왠지 기분이 좋아지는 것 같았어요.
바로 그때 라디스의 신발 위로 뭔가가 살살 기어오르고 있었어요.
"아저씨! 벌레가!"
　　　라디스는 자기 신발을 가리키면서 소리를 질렀어요.
　　　"그건 개미란다. 하하하……."
　　　아저씨는 개미를 떼어서 손바닥에 올려놓고 물었어요.
　　"이렇게 작은 개미가 그렇게도 무섭니?"
　　라디스는 눈을 찡그리면서 발을 동동 굴렀어요.
"아저씨, 그거 죽여 버려요."
아저씨는 개미를 나뭇가지 위에 살짝 올려놓았어요.
　"개미는 나쁜 짓을 하지 않는단다. 그러니까 걱정 마.
알았지?"
　2주일이 지났어요.
　　　라디스는 어느새 아저씨네 집이 편해졌어요.
　　　숲과 들에 대해서도 알고 싶은 게 많아졌지요.

그래서 호기심 어린 눈으로 이리저리 돌아다니곤 했어요.

라디스의 방 창문에서는 아름다운 숲이 내려다보였어요.

창틀 근처에는 새장이 걸려 있었고요.

새장 안에는 라디스와 함께 온 참새, 페가 살고 있었어요.

참새도 라디스와 마찬가지로 처음 왔을 때보다 생기가 돌았어요.

라디스는 아침저녁으로 페와 얘기를 나누었어요.

라디스는 처음에는 이곳에서도 전처럼 방에 틀어박혀 책만 읽을

생각이었어요.

하지만 동물들의 울음소리 때문에 조용히 책을 읽을 수가 없었지요.

게다가 아저씨와 아주머니는 라디스에게 보여 줄 게 있다면서 자꾸

불러냈어요.

어느 날 새벽, 아저씨는 라디스를 깨웠어요.

그리고 숲 옆에 우뚝 솟은 탑 꼭대기로 데려갔어요.

"라디스, 해 뜨는 걸 본 적이 있니?"

　　"아뇨."

해돋이는
언제 어디서
봐도 정말
멋있어!

　　"자, 눈을 크게 뜨고 잘 보렴."
　　라디스는 지평선에서 불타는 붉은 구슬이 점점
　　떠오르는 걸 볼 수 있었어요.
　　"아저씨, 너무너무 멋있어요!"
　　라디스는 황홀한 듯 한참 동안 그 자리에 서 있었어요.

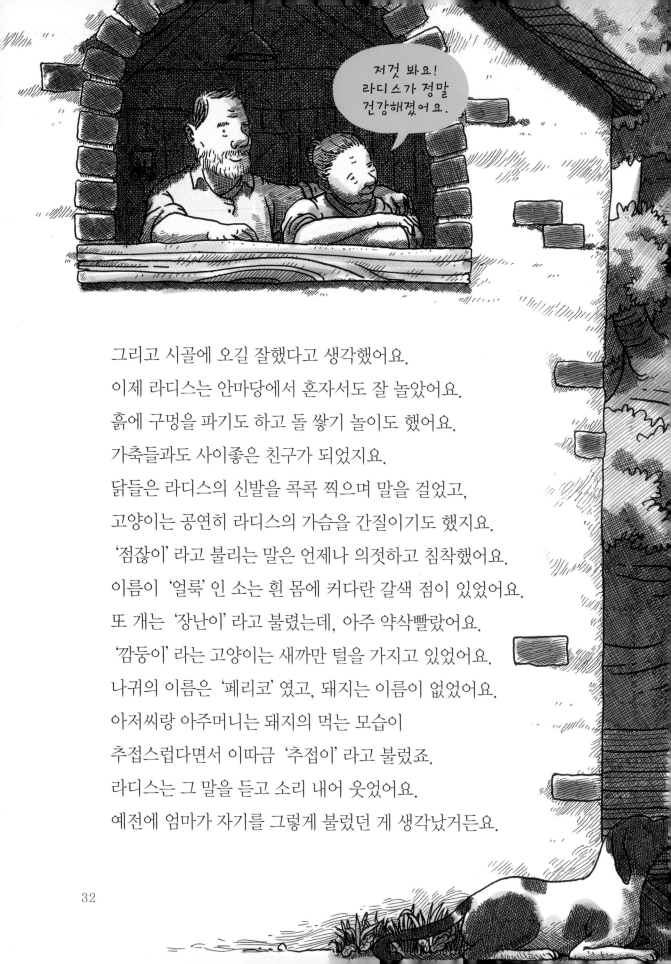

그리고 시골에 오길 잘했다고 생각했어요.

이제 라디스는 안마당에서 혼자서도 잘 놀았어요.

흙에 구멍을 파기도 하고 돌 쌓기 놀이도 했어요.

가축들과도 사이좋은 친구가 되었지요.

닭들은 라디스의 신발을 콕콕 찍으며 말을 걸었고,

고양이는 공연히 라디스의 가슴을 간질이기도 했지요.

'점잖이'라고 불리는 말은 언제나 의젓하고 침착했어요.

이름이 '얼룩'인 소는 흰 몸에 커다란 갈색 점이 있었어요.

또 개는 '장난이'라고 불렸는데, 아주 약삭빨랐어요.

'깜둥이'라는 고양이는 새까만 털을 가지고 있었어요.

나귀의 이름은 '페리코'였고, 돼지는 이름이 없었어요.

아저씨랑 아주머니는 돼지의 먹는 모습이

추접스럽다면서 이따금 '추접이'라고 불렀죠.

라디스는 그 말을 듣고 소리 내어 웃었어요.

예전에 엄마가 자기를 그렇게 불렀던 게 생각났거든요.

라디스는 이제 나귀뿐만 아니라 말을 타는 것도
무서워하지 않았어요.
게다가 아주머니의 심부름으로 닭의 둥지에서 달걀을 꺼내
오는 일도 곧잘 하게 되었어요.
개미도 두렵지 않았어요.
이제 길을 가다 개미를 만나면 살짝 들어
나뭇가지에 올려놓곤 했어요.
시골에 온 지 한 달쯤 지난 어느 날이었어요.
"아주머니, 저 시골이 좋아졌어요!
마당과 숲에서 뛰어노는 게 즐거워요."
이 말에 아주머니는 라디스를 꼭 안아 주었어요.
아주머니가 가장 듣고 싶어 하던 말이었거든요.
아주머니가 생각하기에도 라디스는 점점 튼튼해지고
있는 것 같았어요.
밥도 많이 먹고 옷도 겹겹이 입지 않게 되었지요.

33

개미와 친구가 되다

어느덧 봄이 지나고 여름이 되었어요.

라디스는 아저씨와 함께 숲에 갔어요.

점심때가 되자, 라디스는 도시락을 맛있게 먹고

나서 시원한 나무 그늘에 앉아 쉬었어요.

그러다가 깜빡 잠이 들고 말았지요.

더운 날씨지만, 아저씨는 라디스가 감기라도 걸리지

않을까 걱정되어 자루를 덮어 주었어요.

라디스는 한참 뒤에 깨어나 눈을 비비고 주위를 살폈어요.

아저씨는 조금 떨어진 곳에서 도끼질을 하고 있었어요.

그때 어디선가 소곤거리는 소리가 들려왔어요.

"라디스, 내 말 들리니?"

"누구야?"

라디스는 이리저리 주위를 둘러보았지만, 주위에는 커다란

개미 한 마리뿐 아무것도 보이지 않았어요.

라디스는 여느 때처럼 그 개미를 들어

나뭇가지에 올려놓으려고 했어요.

그때 또 소리가 들렸어요.

"너 혹시 귀머거리 아니니?"

분명 개미 쪽에서 나는 소리였어요.

라디스는 개미를 귀 가까이 대어 보았어요.

"이제 들려? 전에 네가 날 죽이라고 했었지?"

"네가 바로 그 개미라고?"

"그래. 너 때문에 하마터면 아저씨 손에 죽을 뻔했지 뭐야."

라디스는 그제야 개미랑 이야기하는 것을 깨닫고는 깜짝 놀랐어요.

"앗, 내가 개미랑 말을 하네. 어떻게 네 말을 알아들을 수가 있지?"

"우리 개미들도 말을 할 줄 안다고 책에서 못 봤니?"

"맞아. 본 적 있어. 하지만 개미 말은 개미끼리만 통하는 거 아니니?"

"그건 그래. 하지만 난 나이가 많아 아는 것도 많단다.

사람들이 다른 나라 말을 알고 있는 것과 비슷하지. "

"그렇구나."

"한 가지 부탁이 있어. 이제 개미를 보면 제발 나뭇가지에 올려놓지

말아 줘. 별로 고맙지 않은 일이야. 알겠니?"

"하지만 땅바닥에 있다가 사람들에게 밟히면 어쩌려고 그래?"

"네 마음은 고마워. 하지만 다시 내려와서 가던 길을 찾으려면 너무

힘들단 말이야."

"개미는 어떻게 길을 찾는데?"

"우린 냄새로 길을 찾아. 우리 개미들은 냄새를 잘 맡거든.
어유, 네 발에서 지독한 냄새가 나.
발을 잘 안 씻는 모양이구나. 그렇지?"

"쳇!"

라디스는 조금 부끄러웠어요.

"그리고 넌 여기서 나쁜 짓을 많이 했어. 지렁이도 많이 죽였고, 알도
많이 깨뜨렸지. 또 나쁜 벌레를 쫓아가는 풍뎅이도 많이 죽였어."

"앞으로는 조심할게."

"그리고 괭이를 가지고 놀 때는 조심해야 해.
숲 어디든지 10센티미터에서 15센티미터 밑에는 수만 마리의
개미들이 평화롭게 살고 있거든. 그걸 항상 잊지 말아 줘."

라디스는 고개를 끄덕인 뒤, 말했어요.

"나, 개미집을 구경하고 싶어. 어떻게 생겼는지 궁금해."

그 말에 개미는 전혀 놀라지도 않고 선뜻 대답했어요.

"그거야 어렵지 않아. 용기만 있으면 되지."

"용기? 만약 내게 용기가 있다고 해도 네가 어떻게 날 개미집에
데려갈 수 있지?"

"그건 별로 어렵지 않아. 우리 개미들은 우리 몸의 스무 배나 되는
커다란 짐도 물고 다니는걸."

내 몸을
작게
만든다고?

"하지만 난 그보다 훨씬 더 큰데."

"그건 그래. 하지만 개미들은 다른 동물들을

작게 만들 수도 있어."

"정말?"

라디스는 침을 꼴깍 삼켰어요.

"네가 원한다면 지금 당장 널 내 몸집만큼 작게 만들 수 있어. 간단해.

내가 네 발만 한 번 찌르면 되니까. 주사를 맞는 것과 비슷한 거야."

라디스는 잠깐 망설였어요.

개미집을 보고 싶은 생각은 굴뚝같았지만 몸이 작아져야 한다니까

두렵고 불안한 마음이 들었지요.

"그런데…… 본래 모습으로 다시 돌아올 수 있는 거야?"

"물론이지. 눈 깜짝할 사이에 다시 커지니까 걱정하지 마."

라디스는 숨을 깊게 몰아쉰 다음, 신발과 양말을 벗고 한쪽 발을

개미에게 내밀었어요.

멋진 개미집

개미는 라디스의 엄지발가락을 콕 찔렀어요.
그랬더니 세상이 빙글빙글 도는 것 같더니 주위의 나무들이 커지고
땅바닥이 점점 가까워졌어요.
라디스가 어지러워 잠시 눈을 감았다 뜨자 바로 앞에 자동차만큼
커다란 개미 한 마리가 라디스를 뚫어지게 쳐다보고 있었어요.
라디스는 얼굴 표정이 굳었어요.
"무서워하지 마. 나야. 어서 내 등에 올라타."
라디스는 조금 두려웠지만, 나귀 등에 타는 것처럼
개미 등에 올라탔어요.
"자, 출발!"
  개미는 달리기 시작했어요.
    라디스가 주위를 살펴보니 아름드리나무들이 이리저리
      쓰러져 있고, 큰 바위들이 너무나 많아 보였어요.
      사실 나무들은 작은 나뭇가지였고, 큰 바위는 작은
        돌멩이였지요.

개미는 달리다가 다른 개미와 마주치면 서로
머리를 비벼 댔어요.
"왜 자꾸 머리를 비비는 거야?"
"서로 얘기를 주고받는 거야.
지금 네 얘기도 했어."
"뭐라고?"
라디스는 덜컥 겁이 났어요.
개미를 죽이려 했던 일이 떠올랐던 거예요.
"걱정 마. 다들 네가 모르고 그랬다는 걸
알고 있으니까. 그 다음부턴 안 그랬잖아."
라디스는 그제야 겨우 안심이 되었어요.
"참, 네 이름은 뭐야? 난 라디스야."
"난 무흘라야."
어느새 개미집 근처에 온 모양이에요.
갑자기 많은 개미들이 보였거든요.
그중에 커다란 머리와 힘센 턱을 가진
개미들과 마주치게 되었어요.
그 개미들은 가만히 서 있기만 했지요.
"저 개미들은 어떤 일을 하는 개미야?"
"병정개미야. 언뜻 보면 아무 일도 하지 않는 것 같지만,
집 주변에서 무슨 일이 일어나는지 망을 보고 있는 거야.

이들은 용감한 군인이야. 무시무시한 무기들도 가지고 있단다."

라디스는 병정개미들에게 손을 흔들어 인사했어요.

그러자 병정개미들이 다리 하나를 번쩍 들면서 인사했어요.

무흘라와 라디스는 이번에는 개미 행렬을 만났어요.

개미들은 아주 커다란 짐을 물고 끙끙거리면서 라디스와 같은

방향으로 가고 있었어요.

곡물을 물고 가는 개미도 있고, 자기 몸보다 더 큰 벌레를 물고 가는

개미도 있었어요.

그런데 반대 방향으로 가는 개미들은 아무것도 물고 있지 않았죠.

"이 개미들은 일개미야. 나이는 어리지만 일을 참 잘한단다.

세상 돌아가는 일도 많이 알고 있지."

"무흘라, 넌 무슨 일을 맡고 있어?"

"음, 내가 하는 일은 아주 특별한 일이야. 어머, 벌써 다 왔네."

무흘라는 말하기 곤란한지 말꼬리를 흐렸어요.

마침내 라디스와 무흘라는 개미집 출입구에 도착했어요.

"무흘라, 식구는 얼마나 많아?"

"별로 많지 않아. 만 마리쯤 돼. 어떤 곳은 몇 만 마리나 살고 있는
개미집도 있어. 하지만 난 큰 집은 싫어."

어두운 굴속으로 한참 가니, 밝은 빛이 비치는 넓은 방이 나타났어요.

그리고 거기서부터 복도처럼 길이 쭉 뻗어 있었지요.

"신기하다. 캄캄한 굴속이 갑자기 환해지다니!"

"개미들은 인으로 빛을 내. 굉장하지? 자, 그럼 탁아소부터 볼까?"

복도 양쪽에는 수많은 방들이 보였어요.

그중 한 방에서는 젊은 개미들이 유충들을 돌보고 있었죠.

"우리 아이들이야. 유충들은 자라서 일개미가 된단다."

라디스와 무흘라는 먼저 버섯을 만드는 공장을 둘러본 다음,

나뭇잎을 기워 맞추는 재봉실을 구경했어요.

풍차가 있는 곳에서는 쓸모없을 것 같은 씨앗, 풀, 뿌리 등을 부수고
갈아서 가루로 만들고 있었어요.

거기서 나온 가루로 개미들은 과자를 만들었지요.

"하나 먹어 볼래?"

"좋아."

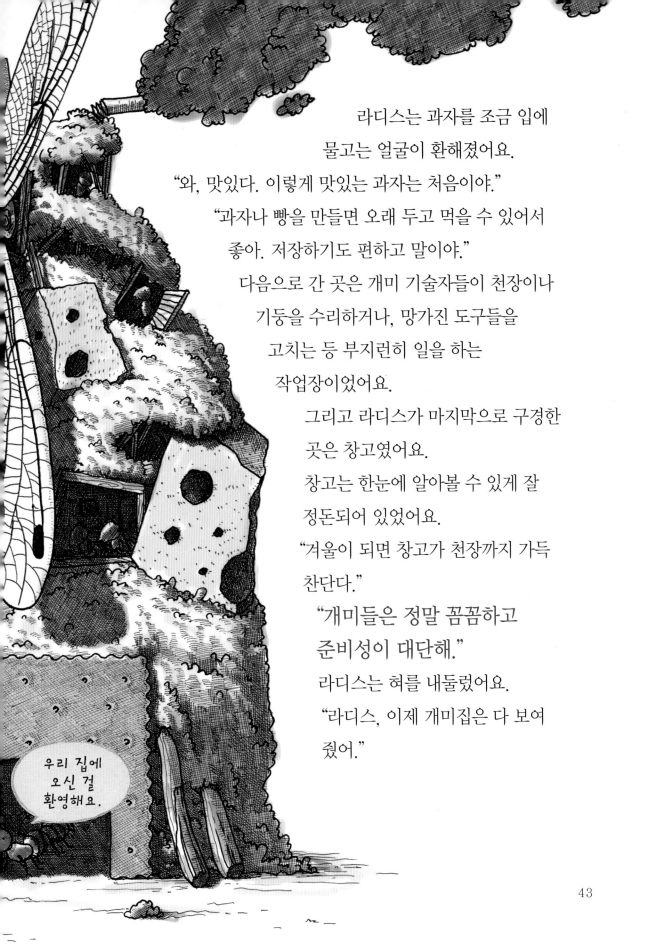

라디스는 과자를 조금 입에
물고는 얼굴이 환해졌어요.
"와, 맛있다. 이렇게 맛있는 과자는 처음이야."
"과자나 빵을 만들면 오래 두고 먹을 수 있어서
좋아. 저장하기도 편하고 말이야."
다음으로 간 곳은 개미 기술자들이 천장이나
기둥을 수리하거나, 망가진 도구들을
고치는 등 부지런히 일을 하는
작업장이었어요.
그리고 라디스가 마지막으로 구경한
곳은 창고였어요.
창고는 한눈에 알아볼 수 있게 잘
정돈되어 있었어요.
"겨울이 되면 창고가 천장까지 가득
찬단다."
"개미들은 정말 꼼꼼하고
준비성이 대단해."
라디스는 혀를 내둘렀어요.
"라디스, 이제 개미집은 다 보여
줬어."

우리 집에
오신 걸
환영해요.

무흘라와 라디스가 막 발길을 돌리려던 참이었어요.
라디스의 눈에 많은 개미들이 쉴 새 없이 드나드는 커다란 문이
보였어요.
"저 문 뒤에는 뭐가 있어?"
"여왕님이 계신 궁전이야."
"나도 여왕님을 만나고 싶은데……."
"오늘은 안 돼. 목요일에만 여왕님을 만날 수 있어.
오늘은 그만 가자. 아저씨가 걱정하실 거야."
무흘라는 라디스를 태우고 빨리 달렸어요.
무흘라는 마침내 커다란 산 앞에서 멈추었어요.

"이상하다. 여기 이런 산이 없었는데……."
라디스는 고개를 갸우뚱했어요.
그러자 무흘라가 깔깔 웃으면서 말했어요.
"이건 산이 아니라 아저씨야.
지금 아저씨가 낮잠을 자고 있는 거야."
"오! 그렇구나!"
라디스는 무흘라의 등에서 내리면서 물었어요.
"널 또 만나려면 어떻게 해야 하지?"
"이 나무에 표시를 해 줘. 그럼 내가 알아볼 거야."
"알았어. 그럼 난 어떻게 해야 다시 커지지?"
"몇 번 숨을 천천히 크게 들이마셨다가 내쉬면 돼."

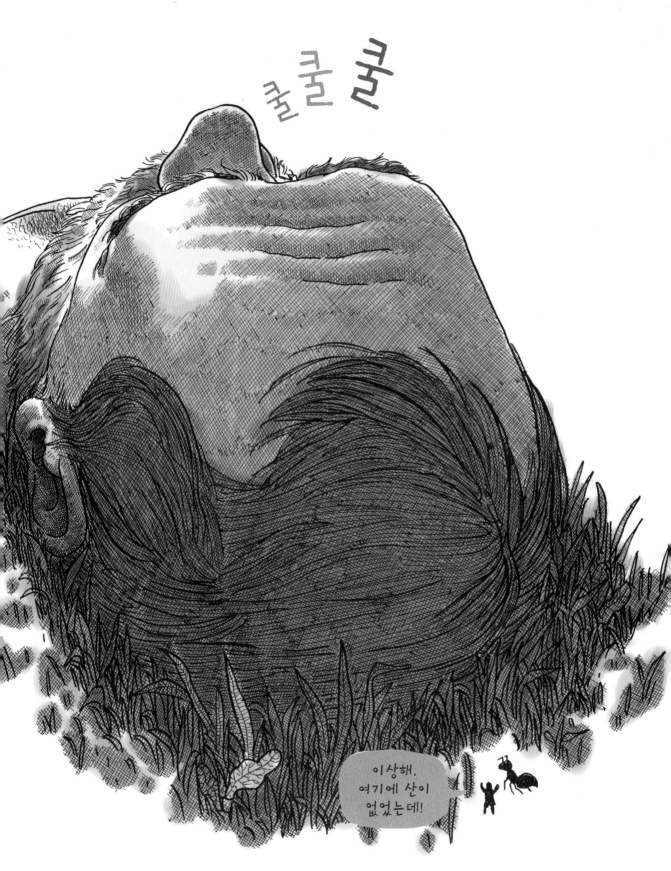

무흘라가 돌아간 다음, 라디스는 숨을 천천히
들이마셨다가 내쉬었어요.
그랬더니 신기하게도 숨을 쉴 때마다 조금씩 커져
본래 모습을 찾았어요.
'신기한데! 더 커질 수는 없나?'
라디스는 숨을 자꾸만 크게 쉬었어요.
하지만 소용없는 일이었지요.
잠시 후, 잠에서 깨어난 아저씨가 물었어요.
"라디스, 어디 갔었니?"
"저쪽에……."
라디스는 말끝을 얼버무렸어요.
"그래, 재미있게 놀았니?"

라디스, 어떻게
개미에 대해
그렇게 잘 아니?

채, 책에서
봤어요!

"예. 아주 재미있었어요."

숲에서 돌아오는 길에 라디스는 계속 개미에 대해
애기했어요.

"아저씨, 개미의 종류가 7천 가지나 있어요. 떠돌이처럼
건들건들 노는 개미가 있고요, 집을 짓고 착실하게 사는
개미도 있어요. 집을 짓고 사는 개미들은 수백만 마리가 모여
사람들처럼 도시도 만들어요."

플로렌티노 아저씨는 어안이 벙벙했어요.

"오! 라디스, 그런 걸 어떻게 다 알고 있니?"

라디스는 하마터면 개미집을 보았다고 말할 뻔했어요.

"채, 책을 보고 알았어요."

"아, 책……."

아저씨는 잠시 생각에 잠기더니 조심스럽게 말을 꺼냈어요.

"라디스, 내가 너에게 수영을 가르쳐 주는 대신
너는 나에게 글을 가르쳐 주면 어떻겠니?"

"좋아요."

라디스는 어른이라도 된 양 아저씨에게
악수를 청했어요.

즐거운 여름나기

무더운 여름이 계속되었어요.

어느 날, 엄마가 수영복을 보내 왔어요.

그날부터 라디스는 하루 종일 수영복만 입고 지냈어요.

너무도 더운 여름이라 다른 옷을 더 걸칠 필요가 없었기 때문이지요.

그동안 라디스는 몸무게도 훨씬 늘고 키도 많이 자랐어요.

게다가 얼굴이 햇빛에 검게 그을려 훨씬 건강해 보였어요.

음식도 잘 먹었어요.

"라디스 엄마 아빠가 와도 라디스를 알아보기 힘들 거예요."

로라 아주머니는 튼튼해진 라디스를 보며 뿌듯해했어요.

라디스는 해가 뜨기도 전에 일어났어요.

아저씨와 함께 연못에 가서 수영을 하기 위해서 말이지요.

처음에 라디스는 물을 무서워했어요.

아저씨는 연못가의 개구리들을 가리키며 말했어요.

"개구리들이 폴짝폴짝 이리저리 뛰어다니다가 어떤 때는 연못에
들어가 볼록 튀어나온 눈만 물 위로 내놓고 떠 있지?

라디스, 개구리처럼 해 보렴. 재미있을 거야."
아저씨는 라디스를 연못 얕은 곳으로 데려가 코만 물 밖으로 내놓고
앉아 있게 했지요.
그 다음부터 라디스는 물을 무서워하지 않게 되었어요.
아저씨는 라디스가 물과 더 친해지게 만들려고 같이 배를 탔어요.
배가 연못 한가운데 왔을 때 아저씨는 라디스에게 물었어요.
"라디스, 배가 가라앉으면 어떡하지?"
"예? 그럼, 아저씨가 구해 주시겠죠."
"만약 배에 너 혼자 타고 있다면 어떡하지?"
아저씨는 이렇게 물으면서 라디스가 물을 전혀 무서워하지 않게
만들어 주었어요.

이건 전갈.
꼬리 끝에
독침이 있대!

이건 반딧불이
배 끝에서
빛을 내!

여름이 되면 어른들은 점심을 일찍 먹고 낮잠을 한숨 자요.
그리고 햇살이 약한 저녁때쯤 되어서 밭일을 하지요.
날이 어두워지면 아주머니는 라디스에게 신발을 신으라고 했어요.
낮에는 맨발로 다녀도 괜찮지만 밤에는 잘 보이지 않아
전갈이나 독거미 등에 물릴 수도 있으니까요.
하루 일을 마치고 세 사람이 대문 앞에 앉아서 시원한 바람을 쐬고
있노라면 대문간에 걸어 놓은 등불에 수많은 곤충이 날아들었어요.
라디스는 곤충들을 유심히 바라보다가 반딧불이가 보이면
그 불빛을 쫓아 이리저리 뛰어다녔어요.
라디스는 아저씨가 드래곤이라고 이름 지은 도마뱀이
나방을 잡는 광경을 자세히 관찰했어요.
불빛 주위를 빙빙 돌던 나방이 잠시 벽에 내려앉으면,
아주 크고 붉은 빛깔의 드래곤이 어두운 곳에 숨어
있다가 불쑥 나타나요.

드래곤은 벽을 천천히 기어 올라가 나방 옆으로 바짝
다가가서 재빨리 나방을 물고는 쏜살같이 달아나요.
정말 눈 깜짝할 사이에 일어나는 일이지요.
아저씨가 라디스에게 수영을 가르쳐 주고,
라디스가 아저씨에게 글을 가르쳐 주기로 한 약속은
잘 지켜지고 있었어요.
라디스는 밤마다 아저씨에게 글을 가르쳤어요.
그래서 아저씨도 책을 읽고 글을 쓸 수 있게 되었지요.
아저씨는 이따금 책을 읽을 때 초등학교 일 학년처럼
큰 소리로 더듬더듬 읽었어요.
그때마다 아주머니와 라디스는 배꼽을 잡고
웃었지요.
하지만 아저씨는 아랑곳하지 않았어요.

흰개미들의 위기

어느 날, 아저씨가 밭에 나갔다가 돌아왔어요.
"나쁜 개미들이 나무들을 갉아 먹고 있어."
라디스는 자기도 모르게 외쳤어요.
"흰개미들이에요!"
"맞아. 바로 흰개미들이야. 그 개미들이 높은
나뭇가지에 집을 짓는 바람에 잘못하다간 나무들이
다 못쓰게 될 거야. 빨리 흰개미들을 없애야겠어."
라디스는 불안한 얼굴로 아저씨를 쳐다보면서 말했어요.
"아저씨, 흰개미들을 어떻게 하실 거예요?"
"휘발유를 뿌리고 불을 질러야겠어."
라디스는 무흘라 생각에 갑자기 눈앞이 캄캄해졌어요.
혹시라도 무흘라가 죽게 될까 봐 몹시 걱정이 되었거든요.

아니! 나무에
흰개미가 집을
지었잖아?

몸빛은 희고,
머리는 갈색인 흰개미는
나무 기둥이나 문화재
등을 갉아먹는
해충이야.

라디스는 침착하게 마음을 가다듬고 물었어요.

"아저씨, 불은 언제 지르실 거예요?"

"휘발유를 사 오려면 시간이 걸리니까 토요일이나
되어야 흰개미들을 없앨 수 있겠어.
그때는 너도 좀 도와주렴."

라디스는 빨리 무흘라에게 알려야겠다고 생각했어요.

이튿날, 라디스는 숲으로 갔어요.

'무흘라가 이 근처에 있을 텐데…….'

라디스는 두리번두리번 주변을 둘러보았어요.

하지만 무흘라를 찾을 수가 없었어요.

라디스가 무흘라를 기다리며 점심을 먹은 다음 풀밭에
드러누워 있을 때였어요.

"라디스! 일어나."

소곤거리는 소리에 눈을 뜬 라디스는 곁에 보이는
개미를 얼른 손바닥에 올려놓았어요.

"혹시 무흘라니?"

"날 몰라보겠어?"

무흘라는 서운한 듯 말했어요.

"개미들은 다 똑같이 생겨서 누가 누군지

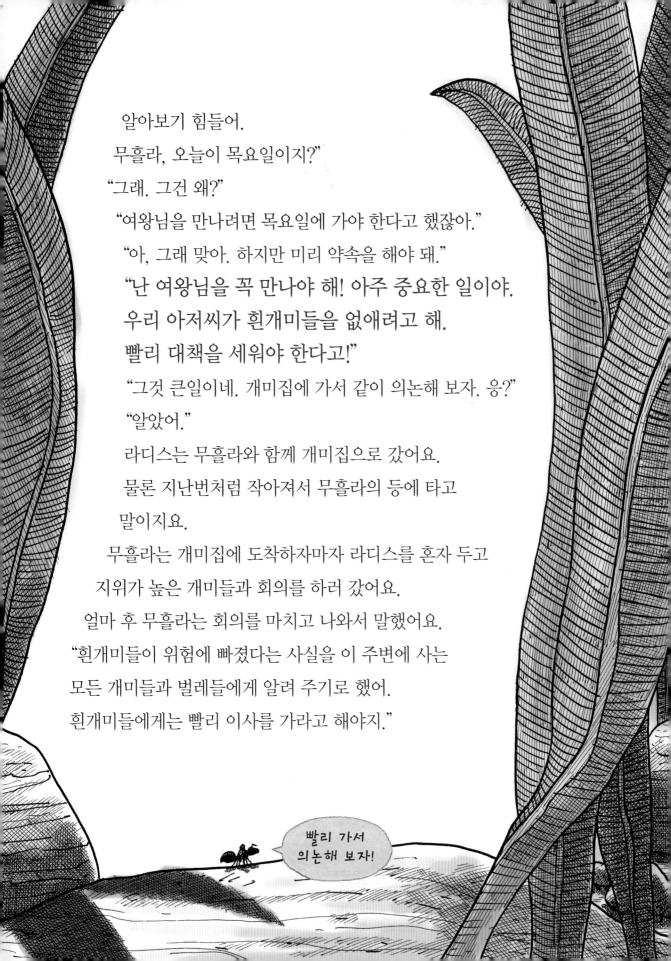

　　알아보기 힘들어.
　　무흘라, 오늘이 목요일이지?"
"그래. 그건 왜?"
"여왕님을 만나려면 목요일에 가야 한다고 했잖아."
　"아, 그래 맞아. 하지만 미리 약속을 해야 돼."
　"난 여왕님을 꼭 만나야 해! 아주 중요한 일이야.
우리 아저씨가 흰개미들을 없애려고 해.
빨리 대책을 세워야 한다고!"
　"그것 큰일이네. 개미집에 가서 같이 의논해 보자. 응?"
　"알았어."
　라디스는 무흘라와 함께 개미집으로 갔어요.
　물론 지난번처럼 작아져서 무흘라의 등에 타고
말이지요.
　무흘라는 개미집에 도착하자마자 라디스를 혼자 두고
지위가 높은 개미들과 회의를 하러 갔어요.
　얼마 후 무흘라는 회의를 마치고 나와서 말했어요.
"흰개미들이 위험에 빠졌다는 사실을 이 주변에 사는
모든 개미들과 벌레들에게 알려 주기로 했어.
흰개미들에게는 빨리 이사를 가라고 해야지."

빨리 가서
의논해 보자!

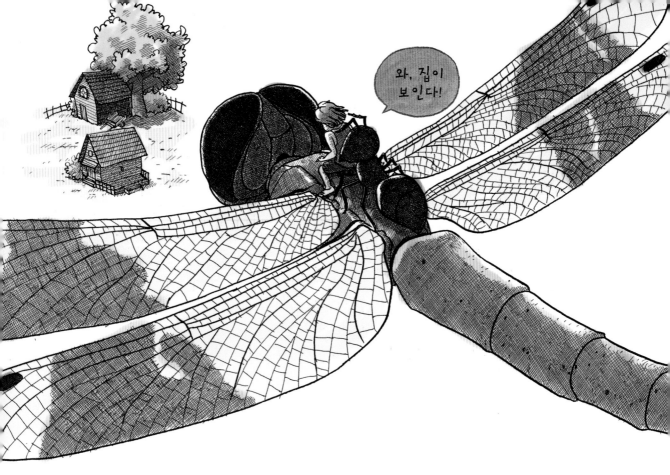

"흰개미들에게는 어떻게 알려 주지?"

"그거야 간단해. 우리 개미에게도 우체국이 있으니까. 걱정 마."

라디스는 그제야 안심이 되었어요.

"라디스, 이리와. 개미들이 널 만나고 싶어해."

무흘라는 라디스를 넓은 방으로 데리고 갔어요.

수많은 개미들이 라디스의 곁으로 다가와서 냄새를 맡으며
머리를 비벼 댔어요.

무흘라는 웃으면서 말했어요.

"모두들 네가 본래 큰 사람이라는 걸 몰라. 만약 알면 모두 기절하고
말걸. 개미들은 네가 흰개미 얘기를 해 줘서 고맙대."

라디스는 개미들과 함께 맛있게 과자를 먹었어요.

젊은 개미들은 씨름도 하고 여러 가지 무술도 보여 주었어요.

그때 개미 한 마리가 라디스에게 다가와서 씨름을 하자고 청했어요.

라디스는 무서웠지만 용기를 내어 일어났어요.

하지만 계속 지기만 했어요.

두 다리를 가진 라디스가 많은 다리를 가진 개미를 이기기란 힘든 일이었지요.

하지만 개미에게도 약점은 있었어요.

　　　바로 더듬이였지요.

　　　　　라디스는 그걸 알고 난 다음부터는 계속 이겼답니다.

　　　　라디스는 개미들과 지내는 일이 무척 재미있었어요.

　　　　그런데 답답한 점이 하나 있었어요.

　　　누가 누구인지 도대체 알아볼 수가 없다는 사실이었어요.

"개미의 머리에 있는 무늬를 잘 봐. 그럼 개미마다 다를 거야."

무흘라는 개미들의 머리를 가리키면서 설명해 주었어요.

그러자 라디스의 눈에 개미의 머리에 있는 물방울 같은 무늬들이 보이기 시작했어요.

"라디스, 너무 늦었어. 빨리 집에 가야 해."

무흘라는 라디스를 재촉하더니, 개미들에게 뭔가 명령하는 듯했어요.

나도 잠자리 비행기 타 보고 싶어!

그리고 라디스를 어디론가 데리고 갔어요.

그곳에는 빛나는 날개가 달린 잠자리가 기다리고 있었어요.

"오늘은 너무 늦었으니까 이걸 타고 가자."

잠자리는 무척 빨리 날았기 때문에 라디스는 숨이 막힐

지경이었어요.

"너무 빨라!"

"이 정도 가지고 뭘 그래. 이보다 더 빠른 곤충 비행기들도 많아."

"그럼, 가장 빠른 곤충 비행기를 타고 가서 흰개미들에게 위험을 알려

주면 되잖아!"

"벌써 알렸어. 아까 축구할 때 흰개미들에게 답장도 왔는걸."

"정말 대단하구나."

집에 도착하여, 무흘라와 라디스는 잠자리 비행기에서 내렸어요.

"무흘라, 집까지 바래다 줘서 고마워. 정말 즐거운 여행이었어."

"다행이다. 개미들과 사귀면서 뭐가 가장 마음에 들었어?"

"개미들은 참 자유롭게 지내는 것 같아. 무엇이든 하고 싶은
대로 하잖아. 난 그게 마음에 들어."

라디스는 제법 어른스러운 말투로 대답했어요.

"사람도 마찬가지 아닌가?"

무흘라는 고개를 갸우뚱거렸어요.

"다음 목요일에는 꼭 여왕님을 만나게 해 줘.
알았지? 안녕!"

라디스는 이렇게 말하고 집으로 들어갔어요.

절름발이 참새, 페를 놓아주다

혼자 남은 라디스는 이런 생각에 빠져들었어요.

'사람은 자유롭게 살고 있는 건가?'

라디스는 사람이 개미만큼 자유롭지는 않아도 몸집이 커서

다행이라는 생각이 들었어요.

곤충이나 작은 생물들은 귀중한 생명을 쉽게 잃기 쉬우니까요.

라디스는 갑자기 페가 있는 새장으로 달려갔어요.

그리고 새장 문을 활짝 열었어요.

"페야, 네 마음대로 자유롭게 살아. 행복해야 해!"

하지만 페는 어리둥절한지 새장 밖으로 나오지 않았어요.

라디스는 새장 안으로 손을 넣어 페를 잡았어요.

"자, 하늘을 날아 봐."

라디스는 페를 하늘로 날렸어요.

하지만 페는 다리를 절룩거리면서 땅에 주저앉고 말았어요.

라디스는 안타까운 마음에 페에게 달려갔어요.

그러자 페는 깜짝 놀라 멀리 날아가 버렸어요.

그때 마침 점잖이가 끄는 마차가 집 앞에 도착했어요.

아저씨는 마차에서 휘발유 통을 내리더니, 집 안으로 들고

들어갔어요.

'만약 사람보다 더 큰 동물이 우리가 사는 집에 휘발유를 뿌리고
불을 지른다면 어떻게 될까?'
라디스는 이런 생각을 해 보았어요.
그것은 생각만 해도 끔찍한 일이었지요.
하루가 지나고 금요일이 되었어요.
라디스는 흰개미들이 무사히 도망갔을까 하루 종일 궁금했어요.
하지만 개미집이 어디 있는지 몰라 찾아가 볼 수도 없었어요.
라디스는 아저씨를 따라 장작을 패다가 아저씨에게 조심스럽게
물어보았어요.
"아저씨, 흰개미들이 여기까지 올까요?"
"당연하지. 흰개미 집이 저택 뒤꼍에 있는데……."
라디스는 슬그머니 집을 빠져나와서
저택 쪽으로 달려갔어요.

그리고 그 주위를 자세히 살폈어요.

길 한쪽으로 흰개미들이 줄을 지어 가고 있는 모습이 보였어요.

행렬은 끝없이 이어지고 있었어요.

라디스는 개미들이 어느 쪽에서 나오는지 길을 따라가 보았어요.

그랬더니 개미는 굵은 나무줄기에서 자꾸자꾸 나오고 있었어요.

'와! 정말 큰 집인걸. 개미들이 이사 가느라 아주 바쁘군.'

라디스는 콧노래를 부르면서 집으로 돌아왔어요.

이제 흰개미 걱정은 하지 않아도 되었으니까요.

이튿날 아침, 아저씨는 휘발유 통을 들고 흰개미 집으로 향했어요.

라디스도 아저씨의 뒤를 쫓아갔지요.

"개미는 한 마리도 보이지 않지만 다른 벌레들이 많을 거야."

아저씨는 커다란 개미집에 휘발유를 잔뜩 붓고 성냥불을 던졌어요.

순식간에 개미집은 불길에 휩싸였어요.

라디스는 불타는 흰개미 집을 바라보면서 중얼거렸어요.

"만약 이 개미집 안을 들여다볼 수 있다면, 개미들이 반듯하게 닦아 놓은 길이랑 정돈된 방들을 구경할 수 있을 텐데…….

여왕개미랑 병정개미, 일개미도 볼 수 있고 말이야……."

아저씨는 라디스의 얘기에 귀를 기울였어요.

"꼭 개미집을 본 것처럼 말하는구나."

"책에서 읽은 적이 있거든요."

라디스는 얼른 둘러댔어요.

아저씨와 함께 집으로 돌아오자, 아주머니가 물었어요.

"라디스, 페가 없어졌구나. 무슨 일 있었니?"

"페에게 자유를 주려고 날려 보냈어요."

"뭐라고?"

아저씨와 아주머니는 라디스처럼 어린아이의 입에서 '자유' 라는

말이 나오자 어리둥절한 표정을 지었어요.

"라디스, 누구에게나 자유가 필요한 건 아니란다. 페는 다리를 절기

때문에 혼자 내버려 두면 살아가기 힘들지도 몰라."

그러자 아저씨도 아주머니의 말을 거들었어요.

"함부로 자유를 주다가는 큰일 날 수도 있어.

만약 닭에게 자유를 주면 어떻게 될 것

같니? 혼자 돌아다니다가는 쥐도 새도

모르게 다른 동물에게 잡혀가고 말걸."

페는 잘
지내고
있을까?

홍수가 난 개미집

어느덧 9월 중순이 되었어요.

이제 수영을 할 수가 없게 된 라디스는 가축이나 곤충들과 놀았어요.

라디스는 메뚜기와 귀뚜라미, 풍뎅이에게 흙으로 작은 집을 지어

주고 먹이를 찾아 주기도 했어요.

그러다 밤이 되면 곤충들을 모두 놓아주었어요.

어느 날, 라디스가 메뚜기를 잡아 먹이를 찾아 주고 있을 때였어요.

"라디스! 집에서 편지 왔다."

로라 아주머니의 말에 라디스는 재빨리 달려갔어요.

편지에는 라디스에게 집으로 돌아오라는 내용이 쓰여 있었어요.

조금 있으면 개학인 데다 몸도 많이 건강해졌으니까요.

이튿날 아침, 라디스가 눈을 떠 보니 비가 억수같이 내리고 있었어요.

밤새도록 비가 엄청나게 쏟아진 모양이었어요.

이건 풍뎅이와 귀뚜라미잖아?

개미도 무서워하던 라디스가 곤충들과 놀다니 신기해!

"가을비가 많이도 오는구나."

아저씨와 아주머니는 가을비를 무척 반가워했어요.

이제 얼마든지 필요한 대로 물을 쓸 수 있게 되었기 때문이지요.

아주머니는 이미 커다란 통에 물을 가득 받아 놓았어요.

라디스는 아주머니와 아저씨가 빵을 굽는 동안 책을 읽었어요.

그러다가 자기도 모르게 스르르 잠이 들었어요.

라디스는 깜짝 놀라 잠을 깨었어요.

베개에 개미 한 마리가 있었기 때문이지요.

"라디스, 나야!"

"무흘라! 여기까지 웬일이야?"

"큰일 났어. 지금 개미집이 무너지고 있어.

수천 마리의 개미들이 다치거나 없어졌단다.

식량 창고도 물에 잠겼고…….

우리를 좀 도와줘. 부탁이야!"

"알았어. 도와주고말고."

"고마워. 그러면 일단 밖으로 나가자."

라디스는 무흘라를 손 안에 얹어 밖으로 나왔어요.

이미 비가 그쳐 있었어요.

안마당에는 메뚜기 한 마리가 기다리고 있었어요.

무흘라가 라디스의 발을 찌르자 라디스는 곧 작아졌어요.

둘은 곧바로 메뚜기의 등에 올라탔어요.

"이번 비행은 엄청나게 빠를 거야. 하지만 무서워할 필요 없어.

곧 도착할 테니까."

"메뚜기가 잠자리보다 빠르니?"

"그럼. 메뚜기는 단숨에 날아가는걸.

한 가지 못된 버릇이 있긴 하지만 말이야."

무흘라는 혼자 미소를 지었어요.

메뚜기는 높이 뛰어오르기 시작했어요.

폴짝폴짝 빠른 속도로 뛰어오르는 바람에 무흘라와 라디스는

몇 번이나 머리를 부딪쳐야 했어요.

드디어 무흘라와 라디스는 개미집 앞에 내렸어요.

개미들은 어쩔 줄 몰라 갈팡질팡하고 있었지요.

물에 흠뻑 젖은 짐들을 밖으로 꺼내려고 했지만 불가능해 보였어요.

무흘라는 라디스를 개미집 안으로 데리고 들어갔어요.

집은 여기저기 무너져 있었고, 길도 복도도 모두 물바다였어요.

사방에는 애벌레들이 죽어 물에 떠다녔어요.

라디스는 이런 끔찍한 광경은 처음 보았어요.

"밤새도록 퍼부은 비 때문에 이렇게 돼 버렸어."

무흘라의 눈에서 한 줄기 눈물이 주르륵 흘러내렸어요.

라디스와 무흘라는 개미집을 둘러보다가 전에 왔던 큰 문 앞에서
걸음을 멈추었어요.

바로 여왕개미가 살고 있다는 곳이었어요.

"라디스, 잠깐만 기다려."

무흘라는 혼자 안으로 들어갔다가 한참 만에 돌아왔어요.

"무흘라, 여왕님을 보면 뭐라고 불러야 해?"

라디스는 귓속말로 물었지만 무흘라는 아무 말도 하지
않았어요.

라디스는 앞서 가는 무흘라를 툭 치며 또다시
물었어요.

"무흘라, 여왕님에게 뭐라고 불러야 하니?"

"전 무흘라가 아닌데요."

앞서 가던 개미가 돌아보면서 말했어요.
가만히 살펴보니 라디스가 말을 건 개미는 다른
개미였어요.
"여왕님께 드릴 말씀이 있으면 직접
물어보세요.
여왕님은 아주 친절하신 분이니까요."
개미는 라디스에게 상냥하게 일러 주었어요.
라디스는 두리번거렸지만 무흘라가 눈에 띄지
않았어요.
그래서 하는 수 없이 여왕개미에게 혼자
인사를 해야 했어요.
"여왕님! 만나 뵙게 되어 영광입니다."
라디스는 정중하게 허리를 굽혀 인사했어요.

이를 어째!
개미집이 다
망가졌네!

"라디스! 나예요. 무흘라."

라디스는 너무 놀라 입을 다물 수가 없었어요.

여왕개미는 바로 무흘라였던 거예요.

"라디스, 지금까지는 굳이 내가 여왕이란 걸 밝힐 필요가 없었어요.
하지만 지금은 라디스의 도움이 꼭 필요해서 이렇게 신하들이 모인
자리에서 밝히는 거예요."

과연 여왕개미의 머리에는 라디스가 무흘라의 머리에서 본 하얗고
둥근 무늬가 있었어요.

여왕님,
만나 뵙게 되어
영광입니다.

"우리 개미들은 참 약해요. 이런 경우에는 어떻게 해야 할지
모르겠어요. 이 개미집을 버리고 더 안전한 곳으로 이사를 간다고
해도 라디스가 도와주지 않으면 우리는 굶어 죽게 돼요."
라디스는 곰곰이 궁리를 했어요.
"내가 도울 수 있는 방법이 생각났어요. 아주 간단한 일이에요.
내가 겨울 양식을 준비해 줄게요. 빵이나 곡식 같은 먹을거리를 갖다
주면 되겠죠? 그리고 지붕도 만들어 줄 테니까 걱정하지 마세요."
여왕개미와 신하 개미들은 무척 기뻐했어요.
라디스는 여왕개미와 함께 잠자리 비행기를 타고 집으로 향했어요.
"무흘라, 왜 나에게 여왕이라는 말을 하지 않았지?"
그러자 무흘라는 미소를 지으며 대답했어요.

"내가 여왕이 아니어도 우린 좋은 친구잖아."
"그건 그래."

라디스는 고개를 끄덕이다가 뭔가 중요한 게 생각난
듯 말했어요.
"참, 내가 먹을거리를 어떻게 전해 주지?"
"우리가 만나는 나무 근처로 와. 새로 만든 개미집
옆에 하얀 돌을 놓아둘 테니까 쉽게 찾을 수 있을 거야.
먹을 걸 너무 많이 가져오지는 마. 개미들도 먹을 게
너무 많으면 싸움만 하고 일을 하려 들지 않거든.
게다가 홍수 때문에 식구도 많이 줄었잖아."
무흘라는 나지막한 목소리로 말했어요.

처음 보는
곤충인데?

73

새로 태어난 라디스

라디스는 한밤중에 아저씨와 아주머니가 잠든 틈을 타서 개미들에게
가져다줄 것들을 방 안에 챙겨 두었어요.
이튿날, 라디스는 날이 밝기도 전에 집을 나왔지요.
라디스는 빵과 설탕, 당근, 감자가 든 보따리와 기왓장을 들고
부지런히 개미집으로 달려갔어요.
개미집은 하얀 돌을 보고 금방 찾을 수 있었어요.
무흘라도 미리 마중 나와 있었지요.
라디스는 개미집 옆에 커다란 구멍을 파고 먹을 것을 묻었어요.
그리고 개미집 양쪽에 돌을 놓고 그 위에 기왓장을 올렸어요.
"이제 지붕이 생겼으니, 비가 많이 내려도 걱정 없을 거야."
"고마워. 라디스! 내가 집까지 데려다 줄게."
무흘라와 라디스는 잠자리 비행기를 타고 날았어요.
"무흘라, 나 내일 떠나. 학교에 다녀야 하거든.
하지만 내년에 또 올 거야."
무흘라는 섭섭해서 아무 말도 하지 않았어요.

라디스, 잘 가라!
내년에 또 오렴.

그때, 새 한 마리가 나타나 잠자리 비행기를 물고
날아가더니 어느 나무 빈 둥지에 내려앉았어요.
라디스와 무흘라는 둥지 안으로 나동그라졌어요.
"앗, 페잖아! 페야!"
　　라디스는 새를 보자마자 깜짝 놀라 외쳤어요.
　　그러자 참새는 입을 쩍 벌리고 먹이를
　　　먹으려다가 놀라서 멀리 날아가 버렸어요.
　"내가 기르던 참새야."
　"꼭 죽는 줄만 알았어. 다시 태어난 기분이야."
　무흘라는 안도의 한숨을 내쉬었어요.
　라디스는 무사히 집으로 돌아왔어요.
　그리고 본래 모습대로 다시 커졌어요.
"무흘라, 우리 내년에 꼭 만나자! 응?
그리고 새를 조심해. 알았지?"
　"알았어. 조심할게."
"난 너를 결코 잊지 못할 거야."
라디스는 무흘라를 손바닥 위에 올려놓고 조심스럽게
입을 맞추었어요.

이튿날, 정든 시골을 떠나는 날이 밝아왔어요.

아저씨는 라디스와 함께 짐을 챙기면서 말했어요.

"내년에는 더 튼튼해져야 한다."

"아저씨도 책을 술술 읽어야 해요."

그때 아주머니는 공연히 코를 풀면서 말했어요.

"올겨울은 얼마나 적적할까."

라디스는 슬그머니 아주머니의 팔짱을 끼고 머리를 기댔어요.

드디어 라디스를 태우고 갈 삼륜차가 도착했어요.

라디스는 동물들과 차례로 작별 인사를 나누었어요.

"잘 가라, 라디스."

아저씨와 아주머니는 눈물이 그렁그렁한 채 라디스를 끌어안고

입을 맞추었어요.

삼륜차가 라디스를 태우고, 부르릉 소리를 내며

달리기 시작했어요. 차가 나무들이 빽빽한 길로

들어섰을 때였어요.

갑자기 곤충 떼가 먹구름처럼 새까맣게 몰려왔어요.

잠자리, 나비, 매미, 벌, 메뚜기, 풍뎅이 등이 떼 지어

몰려와 앞이 보이지 않을 정도였어요.

그때 무흘라의 목소리가 들려왔어요.

"라디스, 우리는 작별 인사 하러 온 거야!"

무흘라는 잠자리 비행기에 타고 있었어요.

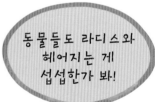

동물들도 라디스와 헤어지는 게 섭섭한가 봐!

라디스는 기뻐서 어쩔 줄 몰랐어요.

"무흘라, 내가 다시 올 때까지 그대로 있을 거지?"

"그건 나도 잘 몰라. 하지만 개미는 언제나 있을 거야."

무흘라는 쓸쓸히 웃으면서 대답했어요.

그리고 곤충들을 몰고 멀리멀리 날아갔어요.

운전사 아저씨는 라디스가 누구하고 말하는지 의아해했어요.

그러더니 이렇게 투덜거리면서 차를 몰았어요.

"곤충 떼가 보이면 날씨가 변할 징조야."

"그럼 아저씨, 날씨가 변하는 건 이전의 날씨가 죽고 다른 날씨가
새로 태어나는 거죠?"

"하하하. 정말 그럴듯한 말이로구나."

아저씨는 금세 부드러운 말투가 되었어요.

문득 라디스는 의사 선생님의 말이 생각났어요.

"라디스를 시골에 보내면 마치 다른 사람인 양 건강한
아이가 되어 돌아올 겁니다."

생각해 보니까 라디스는 정말 시골에 와서 새로 태어난
것만 같았어요.

라디스,
잘 가!

호세 산체스 실바는 누구?

영화 〈마르첼리노의 기적〉 포스터.

일본에서 만화로 만들어진 애니메이션 〈마르첼리노의 기적〉의 주인공 캐릭터.

스페인 광장.

💙 스페인을 대표하는 동화 작가

호세 산체스 실바는 1911년 스페인의 마드리드에서 태어났어요. 고아였던 산체스 실바는 자라서 스페인을 대표하는 동화 작가가 되어, 아이들을 위한 많은 작품을 남겼어요. 그중에서 소년 라디스의 흥미진진한 개미 나라 여행을 그린 〈라디스의 모험〉은 작가의 풍부한 상상력과 자연에 대한 경외감을 감동적으로 보여 주는 작품이에요. 이 작품은 스페인뿐만 아니라 전 세계 어린이들의 사랑을 받았으며, 영화와 만화로도 만들어졌어요. 산체스 실바의 작품들은 스페인의 교과서에 실릴 정도로 유명해졌고, 그는 1968년 이런 공로를 인정받아 안데르센 상을 받는 영예를 누렸어요.

💙 또 다른 대표작 〈마르첼리노의 기적〉

산체스 실바의 또 다른 작품인 〈마르첼리노의 기적〉에서도 작가의 어린 시절 모습을 살펴볼 수 있어요. 갓난아이 때 수도원에 버려진 마르첼리노는 수사들의 손에 자라요. 어느 날 호기심 많은 마르첼리노는 다락방에서 십자가에 매달려 있는 예수님을 만나 친구가 되고 예수님과 함께 엄마를 만나러 하늘나라로 가요. 이 작품에는 쓸쓸하지만 순수한 아이의 마음속에 가득한 사랑과 신앙이 잔잔하게 녹아 있어요. 산체스 실바는 쓸쓸하고 외로운 어린이들을 주인공으로 등장시켜 자신의 힘들었던 어린 시절을 아름다운 이야기로 승화시키고 있지요.

〈라디스의 모험〉 쏙쏙 알아보기

나귀.

여왕개미.

💙 줄거리

시끄럽고 매연에 찌든 도시의 지하에 사는 라디스는 또래 아이들에 비해 몸집도 작고 몸도 아주 허약했어요. 라디스가 독감에 걸리자 라디스의 부모님은 의사 선생님의 권유에 따라 라디스를 시골에 사는 사촌 플로렌티노 아저씨에게 보내요. 라디스는 걱정했던 것과는 달리 시골 생활을 잘 적응해 나가요. 어느 날, 라디스는 말을 할 줄 아는 개미 무흘라를 만나 개미집을 구경해요. 라디스는 점점 자연의 세계에 관심을 갖게 돼요. 그리고 홍수로 개미집이 물에 잠기자, 개미들에게 먹을 것을 가져다 주고, 기와로 지붕을 만들어 줘요. 건강해진 라디스는 다시 도시로 돌아가요.

💜 여왕개미에 대해 알아볼까요?

여왕개미는 개미 집단의 중심적인 역할을 하며 주로 알 낳는 일을 해요. 여왕개미는 알에서 나올 때부터 다른 개미들보다 크며, 가슴에 날개가 달려 있어요. 여왕개미는 다 자라면 날개를 가진 수개미와 결혼 비행을 해요. 짝짓기를 하고 나면 여왕개미의 날개는 떨어져요. 여왕개미는 땅에 내려와 굴을 파고 새로운 자신만의 왕국을 세워요. 여왕개미가 낳은 알에서 깨어난 개미는 일개미가 되지요. 개미집의 대부분의 개미는 여왕개미의 자식인 셈이에요.